INSTITUT DE FRANCE.

ACADÉMIE FRANÇAISE

INAUGURATION DU MONUMENT

ÉLEVÉ A LA MÉMOIRE

DE

SAINTE-BEUVE

A PARIS

Le 19 juin 1898.

PARIS

TYPOGRAPHIE DE FIRMIN-DIDOT ET Cⁱᵉ

IMPRIMEURS DE L'INSTITUT DE FRANCE, RUE JACOB, 56

M DCCC XCVIII

INSTITUT.
1898. — 15.

INAUGURATION DU MONUMENT

ÉLEVÉ A LA MÉMOIRE

DE

SAINTE-BEUVE

A PARIS

Le 19 juin 1898.

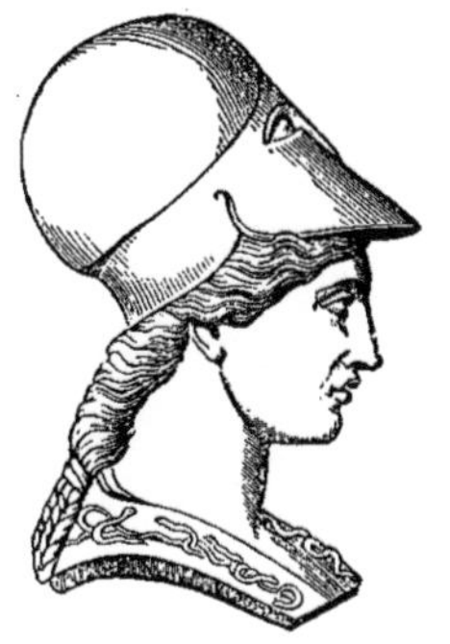

PARIS

TYPOGRAPHIE DE FIRMIN-DIDOT ET Cie

IMPRIMEURS DE L'INSTITUT DE FRANCE, RUE JACOB, 56

—

M DCCC XCVIII

INSTITUT.
1898. — 15.

INSTITUT DE FRANCE.

ACADÉMIE FRANÇAISE

INAUGURATION DU MONUMENT

ÉLEVÉ A LA MÉMOIRE

DE

SAINTE-BEUVE

A PARIS

Le 19 juin 1898.

DISCOURS

DE

M. GUSTAVE LARROUMET

SECRÉTAIRE PERPÉTUEL DE L'ACADÉMIE DES BEAUX-ARTS
DÉLÉGUÉ DU MINISTRE DE L'INSTRUCTION PUBLIQUE

MESSIEURS,

Le Ministre de l'Instruction publique et des Beaux-Arts m'a délégué le grand honneur de parler en son nom dans cette cérémonie et d'attester la reconnaissance de l'Université devant le monument consacré par vous à la mémoire de Sainte-Beuve.

Elève du collège Charlemagne, conservateur à la bibliothèque Mazarine, professeur au Collège de France, maître de conférences à l'École normale, Sainte-Beuve n'a cessé, du commencement à la fin de sa vie, de participer à l'existence de ce grand corps. Élève et maître, il en a reçu l'enseignement et le lui a rendu. Il a pris chez elle l'esprit de liberté intellectuelle qui est leur honneur et leur marque à tous deux. Cet esprit composite et large, qui s'efforce de tout comprendre et de concentrer l'âme même de la civilisation française, Sainte-Beuve l'a pénétré de lumière et de charme ; il lui a fait parler le langage le plus un et le plus varié, le plus éloquent et le plus poétique ; il l'a fixé dans une œuvre incomparable par le labeur et la solidité ; il continue de le répandre par l'influence de cette œuvre et les services qu'elle rend à tous ceux qui aiment et servent notre littérature.

L'Université s'entend reprocher encore de n'avoir fait que reprendre, dans ses programmes, ceux des Jésuitès. Certes, les anciens maîtres du collège Louis-le-Grand furent d'excellents humanistes et l'Université enseigne, elle aussi, le grec et le latin ; mais elle ne leur ressemble guère. Elle croit que, de souche gréco-latine, la culture française ne doit pas couper ses racines, sous peine de s'étioler, au lieu de trouver dans cet affranchissement une nouvelle vigueur. Elle ne veut pas renoncer aux exemples de vertu, d'énergie et de beauté qui nous viennent d'Athènes et de Rome. Elle respire le parfum vigoureux et délicat qui s'exhale des livres antiques, car en eux se conserve la première fleur des sentiments humains. Au demeurant, ses méthodes, son esprit et son but forment

un parfait contraste avec ceux de ses prétendus mo-
dèles.

Ce qu'elle veut, c'est unir à l'âme des deux grandes
civilisations antiques tout ce que le christianisme du
moyen âge, la fusion du christianisme avec l'antiquité par
la Renaissance, le rationalisme du XVIIe et du XVIIIe
siècle, la grande émancipation de la Révolution française,
l'avènement de la démocratie, ont ajouté, en la transfor-
mant, à la tradition antique.

Si l'Université voulait offrir à ses amis comme à ses
adversaires le bilan impartial et complet de l'œuvre
qu'elle poursuit à travers le siècle, elle ne saurait mieux
choisir que la vaste encyclopédie littéraire que Sainte-
Beuve a laissée. Formé par elle, Sainte-Beuve lui est resté
reconnaissant; mais, en lui appartenant, il est resté libre ;
il ne s'est pas asservi à ce qu'elle peut avoir d'étroit, de
timide et de professionnel. Il lui a emprunté ce qu'elle a de
meilleur : la conscience du labeur et la liberté de la pensée. Il lui a appris à ne pas s'enfermer dans l'admiration
du passé, à se méfier du dogmatisme, à marcher avec
son temps. Plus précis que Villemain et plus large que
Nisard, il a fait profiter la critique de l'immense dé-
veloppement que prenait l'histoire. Il est demeuré
humaniste, mais, poète, écrivain indépendant, habitué
des salons, professeur à l'étranger comme en France,
il l'a obligée, par ses exemples et par ses livres, à re-
cueillir tout ce que la production contemporaine et la
vie sociale ajoutaient à la tradition. Il a ouvert toute
grande à l'air, à la lumière, à la vie, au sourire de la
nature, la caserne solide et grise où Napoléon Ier ne vou-

lait former que des soldats, et où elle s'efforce d'élever
des hommes dignes de leur nom, de leur pays et de leur
temps.

Au moment où Sainte-Beuve débutait, la culture classique se bornait aux deux derniers siècles : il y faisait entrer
la Renaissance et l'obligeait, malgré Boileau, à saluer dans
Ronsard un grand poète. Surveillée par l'Église, l'Université avait une préférence étroite pour l'irrévérence sèche
et le rationalisme court de Voltaire. Il lui apprenait, par
son *Port-Royal,* ce que l'idée chrétienne, austère, pure et
haute, a fait, avec Arnaud et Nicole, Pascal et Racine,
pour le sérieux, la force et la dignité de l'esprit français.
Il appliquait à Virgile, un dieu que l'enseignement hono-
rait d'un culte un peu froid, l'admiration chaleureuse d'un
poète. Avec les *Causeries du Lundi* et les *Nouveaux Lundis,*
il poursuivait pendant près de vingt ans, chaque semaine,
un cours de littérature universelle.

Et quel cours ! le plus souple, le plus vivant, le plus
nourri. Bénédictin laïque, Sainte-Beuve s'enfermait, au
début de chaque semaine, avec les vieux livres et les vieux
papiers, « comme dans une cave », le mot est de lui. Il
descendait dans la mine, il ouvrait les tombes. Tantôt il
lisait une épitaphe illustre et tantôt il remuait la poussière
d'un mort oublié. Il remontait au jour, chaque lundi,
tenant à la main un portrait d'une couleur vive et fraîche,
un bijou recueilli dans les cendres, un diamant dégagé
de sa gangue, quelques paillettes d'or fin, extraites d'un
amas de scories.

Au total, cette œuvre est un trésor. Trésor de forme et
de fond, par la valeur et la marque, le titre et le travail,

pièces de cours et d'usage, qui, passant de mains en mains, répandent la richesse.

En renonçant aux œuvres d'imagination pour la critique et à la création personnelle pour l'étude d'autrui, Sainte-Beuve était resté poète. Il avait conservé les dons supérieurs de l'originalité dans la pensée et de l'invention dans l'expression qui font les grands écrivains. Renan et Taine devaient renouveler cet exemple; mais il le donnait le premier. Alors qu'il semblait ne parler que d'après autrui, il avait, par lui-même et pour son compte, la force et la grâce, l'éloquence et la poésie, la poésie surtout. De plus en plus, par la variété, la couleur, le charme de son style, il justifiait les vers de Musset sur sa prose :

> Tu ne prenais pas garde, en traçant ta pensée,
> Que ta plume en faisait un vers harmonieux,
> Et que tu blasphémais dans la langue des dieux.
> Relis-toi, je te rends à la Muse offensée ;
> Et souviens-toi qu'en nous il existe souvent
> Un poète endormi toujours jeune et vivant.

Grâce au talent, — au génie, — du grand écrivain, tout le monde le lisait, mais personne plus que les professeurs ; car ce qui n'était pour les autres qu'un plaisir, était pour eux un besoin. Il leur apportait le pain quotidien, il leur fournissait chaque semaine la pâture intellectuelle qu'ils distribuaient ensuite à leurs élèves. On peut dire que, du vivant de Sainte-Beuve, sa pensée est entrée dans la substance de l'enseignement national.

Et cette action n'a point cessé depuis sa mort. Nous avons eu depuis des critiques aussi forts et aussi charmants ;

pour ne parler que des morts, Taine et Renan ont enrichi
la pensée française de vigueur ou de grâce ; ils l'ont parée
de l'éclat dur ou des reflets nuancés de leur forme. Je ne
crains pas de dire que Sainte-Beuve demeure le maître le
plus complet, celui qui enseigne le plus largement l'admiration et l'amour des lettres, le culte de la vérité, plus
vaste que tout dogmatisme, supérieure à tout scepticisme.
A cet écrivain et à ce penseur, qui a travaillé pour « le
vrai, le *vrai* seul », nous pouvons adresser l'antique salut,
devenu banal, mais qui, pour lui, reprend une jeunesse :
Tu duca, « tu es le maître. »

Messieurs, je dois me souvenir, en finissant, de la mission
qui m'a été confiée. C'est au nom du Ministre de l'Instruction publique et de l'Université que je parle. Je ne veux
pas accaparer au profit d'une corporation, si grande et
si dévouée aux lettres qu'elle puisse être, ce grand ami des
lettres qui fut, avant tout, un indépendant et refusa de
s'inféoder à quoi que ce soit. Il me suffit d'attester envers
Sainte-Beuve une reconnaissance qui, chez les professeurs,
est particulièrement vive ; chez ceux surtout qui, à leurs
débuts, ont dû se former seuls, hors des écoles spéciales,
sans l'aide des cours et des livres qui abondent aujourd'hui.
Pour eux, Sainte-Beuve remplaçait tout cela. Non seulement il leur procurait les faits et il suscitait en eux les
idées, mais il soutenait leur courage par l'amour des
lettres, le culte de la vérité et le sentiment du beau. Je me
souviens des premiers examens à préparer, des premières
classes à faire, dans les lointains collèges de province.
Les livres de Sainte-Beuve étaient les premiers que nous
achetions sur nos maigres bourses d'étudiants pauvres,

ceux que nous consultions et aimions le plus. Ce souvenir n'est pas pour déplaire au grand esprit qui a connu les heures difficiles et qui, le premier, a révélé aux humbles existences l'élixir de poésie qui les parfume.

Avec l'hommage du Ministre de l'Instruction publique, j'apporte au pied de ce monument celui de l'Université reconnaissante, de l'Université tout entière, et aussi de la partie la plus modeste et la plus laborieuse de ce grand corps.

DISCOURS

DE

M. FRANÇOIS COPPÉE

MEMBRE DE L'ACADÉMIE FRANÇAISE,
PRÉSIDENT DU COMITÉ

MESSIEURS,

Il y a deux ans, un médecin très distingué, qui est aussi un lettré délicat, se souvint que Sainte-Beuve avait été, dans sa première jeunesse, externe des hôpitaux et qu'un jour même, à l'Hôtel-Dieu, pour remplacer un interne absent, il avait porté le tablier à côté de Dupuytren. Sans doute il abandonna de bonne heure le scalpel et ne pratiqua plus la dissection que sur les ouvrages de l'esprit. Néanmoins, estimant que c'était une fierté pour le corps médical qu'un tel homme eût débuté dans ses rangs, et surpris que l'illustre écrivain n'eût pas encore obtenu les honneurs, désormais démocratisés, de la place publique, M. le docteur Cabanès s'adressa d'abord à ses confrères pour réparer ce regrettable oubli.

C'était, du même coup, inspirer un remords à la grande famille des gens de lettres, qui tous, ne fût-ce qu'au point de vue du travail incessant, opiniâtre, héroïque, doivent considérer Sainte-Beuve comme un modèle. Avant même que les médecins répondissent à l'appel de M. le docteur Cabanès, en faveur de celui que Guizot, après une lecture de *Joseph Delorme,* surnomma « Werther-Carabin », la presse s'empara de cette heureuse pensée et fut unanime à demander qu'un monument s'élevât, dans Paris, à la mémoire de Sainte-Beuve. A son tour, elle exprima sa surprise qu'à une époque où tant de personnages de célébrité moyenne triomphent, dès le lendemain de leur mort, en marbre ou en airain, ce vaste et subtil esprit, dont, au bout de trente ans, l'œuvre demeure intacte et vivante, n'eût pas encore été l'objet d'un semblable hommage.

Le dirai-je? Je veux bien m'étonner, avec l'opinion, de cette injustice; mais n'a-t-elle pas cet avantage de nous donner, pour l'acte que nous accomplissons aujourd'hui, une sorte de garantie? Quand on grave un nom sur un piédestal, c'est, je suppose, avec l'espoir que, pendant de longues, de très longues années, il ne sera pas inconnu des passants qui le liront. Or ne s'est-on pas trop hâté, parfois, de promettre ainsi la durée à des réputations plus ou moins brillantes, mais dont s'est rapidement terni l'éclat? Même aux rares hommes qui laissent après eux une odeur d'immortalité, ne serait-il pas sage de faire subir une épreuve, une sorte de stage, avant de les admettre dans le paradis de la gloire? Avec Sainte-Beuve, nous n'avons pas à nous préoccuper de ces scrupules. Le temps a passé sans que sa légitime et solide renommée ait subi la moindre atteinte. Le nom dont les lettres sont incisées dans cette pierre durera aussi longtemps que la littérature française ; et après les trente années de purgatoire que lui infligea notre indifférence ou, pour mieux dire, notre ingratitude, Sainte-Beuve a vraiment droit à cette modeste apothéose.

Le sentiment public l'a bien compris. Dès que le comité pour l'érection de ce monument fut constitué, nous vîmes se grouper autour de nous les sympathies et les bonnes volontés, et à tous ceux qui ont assuré le succès de notre entreprise, j'ai le devoir très doux d'exprimer notre reconnaissance. Auprès de l'administration des Beaux-Arts, du Conseil général de la Seine et des Conseils municipaux de Paris et de Boulogne-sur-Mer, ville natale de Sainte-Beuve, aussitôt s'inscrivirent sur nos listes l'Académie française, le Collège de France, la *Revue des Deux Mondes*, la Société des Gens de Lettres, plus un grand nombre de noms illustres et chers, une foule qui est une élite. Qu'ils soient tous remerciés. Mais parmi nos souscriptions, il en est certaines qui, à cause même de leur faible chiffre, ont à nos yeux une valeur et un mérite tout particuliers. Ce sont les envois des modestes travailleurs et notamment des membres de l'enseignement public, qui ont ainsi témoigné de leur gratitude envers le grand lettré dont le puissant et admirable labeur leur est tous les jours si précieux. Ces touchants souvenirs nous sont parvenus en assez grande quantité ; mais si nous avions reçu l'obole de tous ceux dont l'encyclopédie littéraire qui s'appelle les *Causeries du Lundi* a facilité la tâche, de tous ceux qui sont,

pour ainsi parler, les obligés intellectuels de Sainte-Beuve,
ce n'est pas un simple buste, c'est une grande et belle
statue que nous lui dresserions aujourd'hui.

Car Taine a eu raison quand il a proclamé Sainte-Beuve,
en notre temps, un des cinq ou six serviteurs les plus
utiles de l'esprit humain; car Weiss a dit vrai quand il
affirma que depuis Gœthe, notre siècle n'a pas produit
de plus grand critique et qu'il a produit bien peu d'aussi
grands esprits. Prenez un volume au hasard dans cette
œuvre vraiment prodigieuse par le travail, par le savoir
et par le talent. Vous y trouverez certainement, sur un
auteur ancien ou moderne, grave ou léger, étranger ou
national, qu'il soit orateur ou historien, mémorialiste ou
conteur, philosophe ou dramaturge, prosateur ou poète,
un jugement original, des points de vue nouveaux, cent
détails curieux, rares, toujours exacts et scrupuleusement
contrôlés, et le plus piquant mélange de science ingé-
nieuse et profonde, de saine et fine raison, de jolie et gra-
cieuse malice. S'agit-il d'un classique, d'un grand et harmo-
nieux écrivain, chez qui les beautés sont égales comme les
épis d'un champ? Sainte-Beuve se contentera de vous faire
admirer l'abondante moisson; mais s'il se trouve en présence
d'un auteur de second ordre, où les pages heureuses sont
éparses comme des fleurs dans une prairie, Sainte-Beuve
vous épargne alors la peine de les chercher et cueille, pour
vous l'offrir, toute la gerbe. Mais surtout, — on ne saurait
trop le redire, — quelle étendue de connaissances! quelle variété inouïe! Sainte-Beuve sait tout, goûte et pénètre tout!
Rien ne le surprend. Il a, sur toutes choses, des trésors
d'idées et d'aperçus, des mines inépuisables de notes et de

documents. A peine a-t-il démonté, avec une adresse
d'horloger, la machine compliquée qu'est le cerveau d'un
philosophe, qu'il saisit ses crayons de couleur et ressuscite,
au pastel, une séduisante figure de femme. Tout à l'heure
il était installé dévotement, avec Louis XIV et sa cour,
devant la chaire où Bossuet faisait retentir les grandes
orgues de son éloquence ; et voilà maintenant qu'il s'amuse,
sous le chèvrefeuille d'une guinguette, à écouter les re-
frains de Désaugiers. Hier, le long d'un mélancolique ban-
deau de tilleuls, à Port-Royal-des-Champs, il se prome-
nait dans l'austère compagnie de « ces Messieurs » ;
aujourd'hui, assis dans un raide fauteuil à têtes de sphinx
de l'Abbaye-aux-Bois, il observe avec ironie le majestueux
ennui du vieux René. Véritable Protée de l'intelligence,
il débrouille une intrigue diplomatique comme s'il avait
eu sa place au tapis vert de tous les congrès, et il raconte
une bataille de Napoléon comme s'il l'avait suivie, l'œil à
la fameuse lunette d'approche appuyée sur l'épaule d'un
chasseur de la garde. Prenez, vous dis-je, prenez n'importe
quel tome de Sainte-Beuve, vous ne le fermerez pas de
sitôt, et vous sortirez toujours de cette lecture instruit et
charmé.

Mais on vous a parlé et on vous parlera encore ici, avec
bien plus d'éloquence et d'autorité que je ne saurais le
faire, du critique, du professeur, de l'historien. Laissez-
moi seulement vous dire encore quelques mots du poète.

Sainte-Beuve avait débuté dans la littérature par la
poésie, et vous vous rappelez tous, Messieurs, le goût si
vif qu'il conserva toute sa vie pour les œuvres en vers et
pour leurs auteurs. Cet esprit, essentiellement original et

ayant la passion de la nouveauté, eut l'ambition de créer
un genre qui manquait à notre littérature : la poésie intime,
familière, s'inspirant de peu, volontiers inclinée du côté
des humbles personnes et des choses dédaignées, restant
toujours poétique cependant, mais encore plus par le
sentiment que par l'expression. Certes le grand essor du
lyrique est sublime ; mais la pensée du poète, avant d'atteindre le sommet, est souvent voilée par les brumes.
Sainte-Beuve voulut s'arrêter à mi-côte, « sur le penchant
des coteaux modérés », comme il l'a dit lui-même, d'où
l'on voit mieux la réalité, de haut et de loin, mais sans
risquer de se perdre dans la nuée. Cette tentative, qu'on
peut rapprocher de celle des lakistes anglais, et que de
plus récents poètes ont renouvelée, ne pouvait réussir
bruyamment dans notre pays, avant tout épris d'éloquence,
et dans notre langue, où la poésie prend volontiers un tour
pompeux et oratoire. Il n'en est pas moins vrai que Sainte-
Beuve inventa un vers qui est bien à lui, simple et non pas
prosaïque, d'un accent très sincère et très pénétrant, et
admirablement propre à exprimer les émotions discrètes
et les sentiments contenus. L'auteur de *Joseph Delorme*,
des *Consolations* et des *Pensées d'Août*, ne fut peut-être pas
un grand poète, mais il fut un vrai poète ; et quand on
observe les astres du firmament romantique, il est impos-
sible de n'y pas distinguer le doux rayonnement de son
étoile.

Mais je dois me borner et, pour finir, reprendre mon
modeste rôle, qui consiste à remercier tous ceux qui ont
contribué au succès de cette fête littéraire ; car je me re-
procherais d'oublier M. Puech, un des jeunes maîtres de

notre belle école de sculpture, qui a fait revivre dans ce marbre le spirituel sourire de Sainte-Beuve, et surtout le Sénat de la République, qui accueille aujourd'hui, avec une bonne grâce tout athénienne, un sénateur d'autrefois et qui, d'une manière générale, donne si courtoisement l'hospitalité, dans ce beau jardin, aux monuments élevés à la gloire des poètes et des artistes.

La place de Sainte-Beuve était d'ailleurs marquée au Luxembourg, car, dans les rares heures de repos qu'il s'accordait, il a souvent promené sa méditation sous ces ombrages. Oui, il est bien ici, non loin de ces abeilles dont il eut toujours le tact exquis et quelquefois l'aiguillon ; et à la studieuse jeunesse du Pays Latin, le nom et l'image de ce travailleur infatigable, de cet étudiant jusqu'à la mort, offriront un enseignement et un exemple.

DISCOURS

DE

M. ALBERT VANDAL

CHANCELIER DE L'ACADÉMIE FRANÇAISE

MESSIEURS,

Au nom de l'Académie française, je suis heureux de m'associer au témoignage de gratitude qui vient d'être si délicatement rendu au comité Sainte-Beuve, à ses adhérents et souscripteurs : qu'il me soit permis d'ajouter un remerciement à l'adresse de celui qui a présidé le comité, qui a participé activement à son œuvre et qui lui a prêté l'autorité d'un nom illustre et cher entre tous : lui aussi, une fois de plus, a bien mérité des lettres.

N'est-ce pas, en effet, honorer notre littérature tout en tière que d'assurer un permanent hommage à l'insigne et multiple écrivain qui en demeure l'une des gloires ! Sainte-Beuve a renouvelé ou plutôt créé un genre, après en avoir parcouru plusieurs. Dans l'ordre des spéculations et des émotions intellectuelles, ce grand curieux voulut tout aborder, parce qu'il se sentait apte à tout comprendre et à tout goûter. Pour mieux percevoir des états d'esprit divers, il se les appropria successivement. Sous le règne d'Hugo et de Lamartine, il se fait une âme romantique. Plus tard, lorsqu'il veut nous conter les désenchantements d'une jeunesse à la fois ardente et rêveuse, il ressuscite en lui l'âme de René. Mais bientôt le passé l'attire; il s'y plonge, pénètre au plus profond du XVIIe siècle; il s'assimile, pour les exprimer définitivement, les puissances et les secrets de l'âme janséniste.

Cependant, à mesure que passaient les années, au cours de ses volontaires métempsycoses, il tendait à substituer des jugements à des impressions. Il s'était fait poète, romancier, historien, polémiste, mais il était né critique. Ce genre lui appartenait en propre, puisqu'il permet de s'intéresser aux manifestations les plus diverses de l'intelligence humaine, de sympathiser avec toutes et d'en préférer quelques-unes. Sainte-Beuve s'installe donc dans la critique; il s'y taille un royaume, un empire, dont il recule prodigieusement les limites. C'est merveille que de le voir, à l'aide d'une érudition toujours prête et d'une information sans rivale, renouveler infatigablement sa prise sur le goût de ses contemporains; vingt années durant, il perpétue ce miracle de gouverner un jour par semaine le monde des esprits.

On pourrait l'appeler le Balzac de la critique. S'il n'égale point le grand romancier par la puissance créatrice, il s'en rapproche par l'acuité de la vision, par la profondeur de l'analyse, par l'universalité de son œuvre. Il a en

plus des subtilités et des détours, des grâces, des chatoie-
ments, des souplesses félines qui permettent aux seuls
raffinés de l'apprécier pleinement, de trouver en lui leur
plaisir et leur délectation. S'emparant du monde moderne,
Balzac a peint la comédie humaine telle qu'il la voyait
sous ses yeux, telle aussi qu'il la pressentait dans l'avenir.
Sainte-Beuve, amoureux surtout des temps écoulés et s'in-
sinuant en leurs complexités, reconstitue la comédie humaine d'autrefois, avec l'infinie variété de ses épisodes
et de ses types.

Il en rappelle un à un les acteurs, les témoins; il les
interroge, il les étudie séparément, et il réussit à nous
léguer une œuvre sans précédent, un trésor de monogra-
phies, une immense galerie de portraits où l'histoire revit
dans ses personnages, et chacun de ces portraits a le fini
d'une miniature, avec la fermeté d'un tableau de maître :
c'est le triomphe d'un art consommé et sûr, patient, con-
tenu, tout en nuances, exquis dans sa discrétion.

Mais ne célébrons pas seulement les dextérités de son
art et les délices de son style. Sa critique fut initiatrice.
Avant lui, on jugeait un ouvrage en l'isolant de son
auteur. Sainte-Beuve s'attache au contraire à scruter la
nature morale et physique de l'écrivain : il tâche de revivre
sa vie, d'entrer aussi avant que possible dans la familia-
rité intime de son être. Il explique le livre par l'homme.
Grande et féconde innovation ! la critique, disons mieux,
l'enquête psychologique était instituée.

Parfois, l'étude de types épars mène Sainte-Beuve à
des constatations d'ensemble. C'est ainsi que, découvrant
entre les esprits des parentés inaperçues, il s'en sert pour

un classement nouveau ; il signale des groupes, des familles d'esprits, et donne à la distinction des genres une base naturelle. Cependant, il cherche moins d'ordinaire à dégager des lois qu'à fixer des observations, à collectionner des faits : accumuler des vérités plutôt qu'atteindre et maîtriser la vérité, tel est son but. La poursuite du fait individuel exact remplit et passionne sa vie ; il y trouve sa volupté, il y met son honneur ; le culte du vrai limité, mais précis et tangible, l'émeut et l'échauffe ; ce fut la religion de ce sceptique. Réaction contre l'esprit de système, contre les législateurs *a priori* et les doctrinaires de la littérature ou de l'histoire, contre leurs synthèses prématurées, l'effort de Sainte-Beuve est là tout entier. Nul n'a plus contribué à propager parmi nous la méthode analytique, qui ne fit que marquer l'un des stades de notre évolution intellectuelle, mais un stade nécessaire. C'est en cela qu'il a exercé une action durable, qu'il fut et demeure, au sens absolu du mot, un maître.

Sa postérité littéraire est innombrable. Sans parler de la critique proprement dite, que ne doivent pas à ce subtil peintre d'âmes le roman et même le théâtre psychologiques ? L'école réaliste n'a-t-elle pas emprunté quelque chose à ses procédés d'investigation minutieuse, au positivisme de son art ? En histoire, il nous a donné d'inappréciables leçons de probité et de scrupule. Il nous fit mieux sentir le prix du document : il nous apprit à tirer de cette poussière tout ce qu'elle renferme de révélations, à ne jamais abandonner un sujet sans l'avoir observé sous tous ses aspects et définitivement épuisé. Son exemple a formé des générations de bons travailleurs : il a suscité,

il suscite encore d'attentifs érudits, d'habiles psycho-
logues, des romanciers, des historiens. Au point de départ
commun de plusieurs des avenues que la littérature moderne
a magnifiquement parcourues, au centre de ce rayonnement,
Sainte-Beuve se retrouve : on voit apparaître cette puis-
sante et originale figure telle que le ciseau de l'artiste la
fait aujourd'hui revivre à nos yeux, cette face large et
heurtée qu'illumine l'intelligence, ce regard enfoui et
pourtant scrutateur, ces replis de visage où la pensée
semble se concentrer et se ramasser sur elle-même pour
mieux prendre son élan, pour percer directement jusqu'au fond des âmes et saisir le fin mot des choses.

J'aime le lieu où vous avez mis son image. Il est ic
chez lui, en cet asile de verdure où il se plaisait à reprendre
haleine, après l'effort quotidien. Au centre des quartiers
studieux, qu'enfièvre l'ardeur au travail, ce jardin met un
coin de nature, rafraîchissement des yeux et de l'âme :
c'est la poésie de la rive gauche. D'autres y venaient en
même temps que Sainte-Beuve, cherchant comme lui à se
délasser de grands travaux, fuyant leur pensée et ressaisis
par elle, et souvent, dans la paix du soir, lorsque l'éclat
d'un beau jour mourait en une splendeur alanguie, l'idée
vaguement conçue dans l'ombre du laboratoire se préci-
sait tout à coup et se formulait, le fantôme entrevu devenait réalité. Que d'idées sont écloses en ce jardin, avant
de s'envoler sur le monde : idées de poètes, d'artistes, de
savants et de philosophes, idées ingénieuses ou fortes,
charmeuses ou conquérantes.

Et parfois ne reviennent-elles point au lieu où elles
prirent naissance, ne les voit-on pas s'évoquer ici en de

chatoyantes visions, ces créations du génie humain, imma-
térielles et lumineuses? Sans doute, en de claires nuits
d'été, quand la nature s'argente des rayons de la lune,
sous les ombrages plus sombres, parmi ces bosquets, des
lueurs légères se lèvent; elles prennent forme et figure, et
le promeneur attardé reconnaîtrait en elles les idées qui
ont naguère enchanté son imagination ou ravi son cœur.
Cheminant solitaires ou venant par groupes, elles par-
courent les allées silencieuses; elles frôlent les charmilles,
en laissant derrière elles un sillon de clarté. Puis, parmi
les penseurs de marbre érigés dans les verdoyants espa-
ces, elles reconnaissent ceux de qui elles ont reçu la vie;
elles se réunissent à leurs côtés et forment autour de
leurs images un chœur d'immortelles déesses.

Ce jardin propice à de telles évocations, gardons-le
jalousement aux souvenirs qui l'habitent et qui le font
sacré. Qu'ils triomphent ailleurs, les rois de bronze, les
conquérants d'airain ; qu'ils chevauchent en effigie sur nos
places, les monarques ou les généraux vainqueurs, auxquels la patrie rend un culte sonore et mérité. Qu'ils se
dressent dans les carrefours, les agitateurs de la multi-
tude, les héros ou les démons de la politique; qu'ils
restent dans le tumulte des rues, mêlés à la foule qui
les a tour à tour acclamés et maudits; qu'ils peuplent le
forum de leurs éphémères statues ! Ici, nous tous hommes
de pensée et de labeur, restons entre nous et honorons
nos grands morts; leur mémoire réclame un culte plus dis-
cret. Aux monuments qui leur sont dédiés, donnons pour
accompagnement la nature et les fleurs, le murmure des
grands arbres et le bourdonnement des abeilles, avec

l'atmosphère de Paris pourtant et les bruits assourdis de la ville; et parmi ces objets d'une dévotion intime, maintenons Sainte-Beuve au premier rang; reconnaissons, saluons et révérons en lui un des rois de l'esprit.

DISCOURS

DE

M. GASTON BOISSIER

SECRÉTAIRE PERPÉTUEL DE L'ACADÉMIE FRANÇAISE
PROFESSEUR AU COLLÈGE DE FRANCE

Messieurs,

J'ai été pendant cinq ans suppléant de Sainte-Beuve au Collège de France, et je l'ai remplacé dans sa chaire. Permettez-moi de venir saluer sa mémoire au nom d'un établissement qui s'honore de l'avoir compté parmi ses maîtres.

Sa nomination causa d'abord quelque surprise; on s'étonna de voir confier l'enseignement de la poésie latine à quelqu'un qui n'était ni professeur, ni latiniste de métier. C'est qu'on oubliait le caractère particulier du Collège de France, et qu'il est fait précisément pour tenter des essais de ce genre. Son rôle est d'empêcher que, dans nos écoles, sous le nom respectable de tradition, s'installe la routine, et il doit, à côté des enseignements anciens, faire une place aux nouveautés. Voilà ce qui explique qu'on y ait alors nommé Sainte-Beuve. C'était le moment où des gens de goût et de savoir rajeunissaient la critique littéraire et en faisaient une science nouvelle; il parut bon d'appliquer aux littératures anciennes des méthodes qui réussissaient si bien aux littératures modernes. Et qui pouvait mieux y réussir que Sainte-Beuve? On était sûr avec lui que les poètes latins, replacés dans leur milieu, étudiés dans les détails les plus obscurs de leur existence, dans les replis les plus profonds de leur âme, expliqués par des rapprochements ingénieux avec les écrivains de nos jours, arrachés à cette atmosphère vague que crée autour d'eux l'admiration banale de ceux qui les célèbrent par habitude et par profession, seraient éclairés d'une lumière vraie, et que toute cette antiquité reprendrait la vie.

Ai-je besoin de rappeler comment ces espérances furent déçues et ce qui empêcha Saint-Beuve d'accomplir son œuvre? La politique, qui ne peut se mêler des affaires de la littérature sans les compromettre, lui avait fait beaucoup d'ennemis; ils étaient décidés à ne pas lui permettre d'occuper sa chaire, et lui, qui n'aimait pas la lutte, revint au plus vite dans son paisible cabinet d'étude, parmi ses vieux amis, les livres, qui le consolaient de tous les mécomptes. Il est vrai que, quelques années plus tard, la même jeunesse qui l'avait si mal accueilli au Collège de France, lui faisait un triomphe retentissant, au sortir du Luxembourg, où il avait défendu la libre pensée. C'était pourtant le même homme, qui n'avait renié aucune de ses

opinions, et il n'y avait de changé que les circonstances.
Il semble que ces brusques revirements, ces malentendus
pénibles, ces démentis qu'après quelque temps nous nous
donnons à nous-mêmes, devraient nous faire quelque honte
et nous corriger enfin de ces violences déraisonnables.
Comment se fait-il que la vertu qui nous manque le plus
soit la tolérance, dont nous avons sans cesse le nom à la
bouche? Est-il possible qu'après tant d'expériences et de
leçons nous n'ayons pas encore appris à respecter chez les
autres la liberté des opinions que nous réclamons avec
tant de passion pour nous-mêmes ?

Sainte-Beuve, brutalement chassé du domaine antique,
ne cessa pas pourtant de s'occuper de l'antiquité. C'était
son délassement et son plaisir de lire dans le texte Homère
et l'Anthologie; la littérature latine faisait ses délices. Il
aimait à reconnaître ce qu'il devait à ces études de sa jeunesse dont il gardait un souvenir pieux. C'est la source où
il avait puisé ce goût à la fois fin et large qui lui permit
non seulement de pénétrer plus avant que personne dans
les délicatesses des écrivains classiques, mais de comprendre la beauté des littératures étrangères. Aussi cau-
sait-il volontiers des auteurs anciens, auxquels il faisait
honneur de l'éducation de son esprit. La dernière fois que
je l'ai vu, quelques jours avant sa mort, il m'entretint
d'Ovide, qu'il me reprochait de ne pas goûter tout à fait
autant que lui. A mesure qu'il parlait, il oubliait ses souf-
frances et paraissait se ranimer. Son œil devenait plus vif,
sa voix prenait plus d'éclat; il semblait que le souvenir de
ces poètes qu'il avait aimés lui rendait, pour un moment,
la force et la vie.

C'était, Messieurs, un véritable homme de lettres, qui leur a consacré toute son existence, et qui, jusqu'à son dernier jour, n'a vraiment vécu que pour elles. Aussi personne n'était-il plus digne que lui de l'hommage qu'après longtemps elles lui rendent aujourd'hui.

Paris. — Typ. de Firmin-Didot et Cⁱᵉ, imprimeurs de l'Institut, rue Jacob, 56. — 36657.